穿靴子的猫
彼得·潘
绿野仙踪
爱丽丝梦游仙境
红发安妮
丛林之书

名著岛
亨塞尔与格莱特
王子与乞丐
美女与怪兽
海的女儿
木偶奇遇记
格列佛游记

魔法图书馆
涂色画

加嘉工作室 [韩] 安成爋 著 [韩] 李景姬 绘 李婷 译

# 魔法图书馆

## 王子、乞丐变形记

海峡出版发行集团
海峡文艺出版社

# 前情提要

每当作家用心创作出一部妙趣横生的作品时，幻想王国中就会诞生与作品相应的故事王国。

人们所知道的故事中的主人公，也都生活在幻想王国相应的故事王国之中。

一天，黑魔法师偷偷溜进知识场图书馆（魔法图书馆）中，把管理图书馆的魔法师托尼变成史莱姆，试图偷走具有强大魔力、能够统治幻想王国的黄金书签！

万幸的是，黄金书签具有自我保护能力，在黑魔法师到来之前预感到了危险，早已四散到各个故事王国中去了。

魔法书具有神奇的力量，能将散落各处的黄金书签收集在一起。现在，请让我们带上魔法书出发吧。

# 主要人物

**甘妮**

拥有一颗善良的心，愿意帮助遭遇困境的人。她自信能够适应任何角色的挑战，但从未预料到有一天会体验当乞丐。

**尼妮**

内心善良，无论面对何种身份或外貌的人，都能真诚相待。虽然有时候行为鲁莽，但是到了关键时刻，总能够展现出强烈的责任感和勇气。

**杰克**

爱德华儿时的忠实侍从，曾代替年幼的爱德华承受鞭打，对宫殿的每个角落都了如指掌。在爱德华的委托下，他热心地协助尼妮，成为她可靠的帮手。

**爱德华和汤姆**

爱德华原是王子，汤姆原是乞丐，两人长得如同镜像般相似，命运的巧合让他们在互换身份的奇遇中相识并成为朋友。

**克莱尔**

外表平凡、内心强大的女孩，对甘妮的不幸遭遇伸出援手，给予信任，成为甘妮在黑暗中的一盏明灯。

**亨登爵士**

天性善良，追求正义，做事谨慎。曾在爱德华危难时施以援手，因此与王室建立了深厚的友谊。

# 目 录

引子　不想演乞丐
尼妮，听说你们年段最近要上演一部话剧，你知道吗？
不太清楚。我对这类活动不太感兴趣。
到底是什么话剧？
《王子和乞丐》。
那是一部很经典的作品。
背景设定在16世纪的英国。
你将在剧中扮演什么角色呢？
乞丐3号！连乞丐1号都不愿意演，更别说是乞丐3号了……

我想扮演公主，穿着华丽的裙子，在宫殿里翩翩起舞。
你在幻想王国里不是经常穿裙子吗？这次不妨把机会让给同学吧。
哼，扮演乞丐还得在脸上抹上煤灰呢！
尼妮，即使脸上涂满了煤灰，你也是很可爱的。
切——
脸上涂黑了，不就没人能认出我了嘛！

不论别人是否能够认出你，默默地饰演好你的角色，你就是最棒的！
相比之下，自由的乞丐角色也许更加有趣！
切！连我的心思都不懂……
剧本在哪儿呢？我们一起看看吧。
我记得放在这里了呀……
咻
那不是托尼的手吗？

嘿，托尼，又发生什么事了？
情况紧急！稍后我会详细告诉你们的。先跟我走！

哇，这里是哪里？
我也不知道。

# 第一章 古堡的呼唤

欢迎你，我是爱德华六世。
你好，我是汤姆。

托尼引领着甘妮和尼妮，抵达了一座古老而神秘的城堡。当姐妹俩紧跟托尼的脚步踏入城堡的大门，她们惊讶地发现，有两位少年早已等候在那里。这两位少年的面容相似到了极致，仿佛一对双胞胎兄弟。

尼妮的眼睛瞪得像铜铃，惊讶地问："双胞胎？"

一个少年摇了摇头，微笑着纠正道："我们并非亲兄弟。我是爱德华六世，曾经的爱德华王子。"

另一个少年自我介绍道："我是汤姆。曾经是个乞丐，现在是修道院的院长。"

甘妮听后兴奋地叫道："啊！原来你们就是《王子与乞丐》的主人公！"

"是的。"爱德华为甘妮读过《王子与乞丐》而高兴，"看来你读过我们的故事，太好了。"

爱德华看向汤姆，和他交换了一个意味深长的眼神，接着一同向姐妹俩伸出被黑色烟雾缠绕的手。

"我们似乎被同一种神秘的诅咒所困扰。此事若被外人知晓，我们的王国将陷入动荡之中。因此，我们需要你们暂时扮演我，直到我们找到破解诅咒的方法。"爱德华非常诚恳地说。

"什么？你希望我们扮演你？"甘妮惊讶得很，嘴巴张得能塞下大鸭蛋。

是的。在这段时间里，我和陛下将在城堡的秘密房间里避难，同时寻找解除诅咒的方法。

我们之前遇到的黑魔法师的诅咒与你们现在的情况非常相似。难道你们也遭遇了黑魔法师的毒手？你们见过黑魔法师吗？

我们不确定这是否黑魔法师所为。几天前，我的身体开始无缘无故地被黑烟笼罩，因此我唤来了我最信任的朋友——汤姆。他曾代替我成为国王，对宫中的一切都非常熟悉。

我一到这里，就看到国王也遇到了和我一样的问题。我们都被诅咒了。

我俩受到的应该是同样的诅咒，真是令人费解。因此，汤姆无法扮演我了，我们便秘密地联系了托尼。

托尼立刻把你们带到了这里。

这个不用说，我们知道。

看来糖果屋女巫的魔法药水瓶未能完全封印黑魔法师的力量。

也有可能黑魔法师逃出了瓶子。

是有可能。但他的力量一定还未完全恢复，所以只能施展到这种程度。

仅仅是这种程度就够我们喝一壶了。

你们可以将被诅咒的事情保密，对外宣称生病了需要休息几天，这样不行吗？

对，真是个好主意！我们帮你们在那几天里寻找解除诅咒的方法。

不行。明天将举行一年一度的盛会，众多王室成员和贵族将会出席，国王不能缺席。

如果国王缺席，或者传出国王被诅咒的消息，王国将会陷入混乱。

黑魔法师肯定在窥视这个机会，他可能会趁机出手。对，这应该就是他的计谋。

别担心。我刚获得了足够的信心，可以完美地模仿国王。看看我，是不是很像？

你不是演乞丐的吗？

看我的气质，肯定是演国王的啊，大家看看，我扮得像不像？

没看出来。

还别说，真的很像。

哈哈，我们是三胞胎。

尼妮站到爱德华和汤姆中间，托尼惊叹道：“真的很像呢！太神奇了！”

尼妮耸了耸肩说：“学校的戏剧节目中没能让我扮演国王，真的十分遗憾。还是幻想王国了解我的心思，我得好好享受这次机会。”

“但我们对这里的情况不太了解，能做好吗？”甘妮有点担心地问。

尼妮脸上露出一丝犹豫之色，不过很快就消失了，她坚定地说：“我是个实力派演员，怕什么？”

“对，没什么好怕的。我这里有个人会帮助你快速适应宫廷生活。”爱德华国王转头向身后挥了挥手，“杰克，过来一下。”

“杰克是王子的替身。在宫廷中，王子犯错要受到鞭打，也通常是杰克代替他受罚。”汤姆对一切了如指掌，向甘妮和尼妮介绍起了杰克。

“什么？这太过分了！”尼妮喊道。

杰克忙摆手道：“多亏了这份工作，我的家人才能有饭吃。在陛下尚是王子之时，他就对我关怀备至。他常常与我分享美食，耐心倾听我的故事。”

“嗯，希望我不会给你带来太多麻烦。”尼妮尝试去理解杰克作为王子替身的职责，心里仍然觉得难以接受，于是她转移了话题，以免杰克感到不快。

“别怕犯错，我的职责就是解决这些问题。”杰克看出了尼妮的担忧，反而安慰起了她。

爱德华很受感动，轻轻地把手搭在杰克的肩上。

“那么，明天的宴会上就要表现得像国王一样了。”爱德华让杰克取来衣服，递给了尼妮，“把我的礼服保管好，明天要穿得一模一样。”

甘妮闻言，立刻拿出手机，让爱德华国王把礼服穿上，拍了张定妆照。

“咔嚓！”

尼妮拍手道："姐姐你太给力了，有了照片，我就可以照着打扮了。"

第一次看到照片的汤姆和杰克以为甘妮瞬间画了一幅画，感到非常惊讶。爱德华则努力保持国王的威严，装作很淡定。他转移了话题，指着卧室墙上挂着的剑和墙角摆放着的银色盔甲说："这件盔甲是代代相传的王室宝藏，如果发生最坏的情况……"

拜托你们了！

“你是要我们好好保管这些宝物吗？”甘妮猜出了爱德华的心思。

“这件银色盔甲不只是一件宝物，它还是克敌制胜的利器，是能驱散黑暗的光芒。因此，面临绝境时，它将成为我们守护王国、抵御攻击的最后屏障。”爱德华的眼神中流露出了一份坚毅。

尼妮安慰忧心忡忡的爱德华说：“别担心。我会好好守护宝物，扮演好国王的。”

“那就拜托你们了。”汤姆朝众人行了个礼，和爱德华一同离开了房间。

# 第二章　尼妮当国王

要扮演国王，尼妮激动得很。和爱德华、汤姆分别后，杰克就开始给尼妮讲各种礼仪和注意点，尤其是记一些王室人员、贵族成员的名字，让她脑瓜都大了好几倍。幸好，姐姐在一旁帮着记了一些，只要有姐姐在，明天还有人提醒。

第二天一大早，甘妮和尼妮便开始忙碌于变装准备。她们从魔法书中取出了化妆品、假发、各式服装和小饰品，将它们摊了一地。

旁边的杰克眼睛瞪得滚圆，惊叹道：“真是神奇！那我能做些什么呢……”

尼妮微笑着说：“杰克，你就坐在那里休息吧。”

杰克带着一丝恐慌，他有些急切地说：“哦，不！请给我分配些任务。如果我显得无用，我就会被赶出宫殿。那我的家人都会挨饿的。”

“你怎么会无用呢？别这么说。那就过来帮我们拿着魔法书吧。”尼妮知道一时改变不了杰克的想法，就让杰克帮自己拿着魔法书，让他觉得正在做事。

甘妮要扮演的是公主，她挑来挑去，从书中挑出了一件漂亮的连衣裙穿上。

化妆完毕，甘妮和尼妮一同走出卧室。这时，从走廊尽头迎面走来一个男人。从他那华丽的衣着来看，他显然是王室或贵族的一员。

“姐姐，那边有人过来了。”尼妮低声说。

“国王陛下，接下来莫叫我姐姐，别露馅了。”

“陛下，哈特福德向您请安。昨晚您休息得好吗？”男人走到尼妮面前，恭敬地站立行礼。

甘妮在尼妮耳边低声说：“哈特福德爵士是爱德华的叔叔。要小心，别暴露身份。”

尼妮镇定了一下心神，装模作样地回答：“嗯，是的，我睡得很好。”

“这几天很难见到您，我担心您。您没什么事吧？”哈特福德爵士说话时，偷偷打量国王。

“当然了！没什么，完全没有，什么事也没有。”尼妮突然紧张了一下。

“几天没见，您看起来有点不同……”哈特福德爵士觉得国王的声音和平时不一样。

“我看起来是长高了，还是变得更帅了？”尼妮正享受着扮演国王的角色，没有注意到哈特福德爵士的怀疑。她看了一眼对方，对方马上收回目光。这一个无心的交锋，误打误撞地减轻了哈特福德爵士的怀疑。

“您越来越高挑了，您父亲一定会很高兴的。”哈特福德爵士小心翼翼地试探，以免冒犯国王。

甘妮察觉到哈特福德爵士的试探，迅速对尼妮耳语：“爱德华之所以成为国王，是因为他的父亲亨利去世了。回答时一定要小心谨慎！”

尼妮皱起眉头说：“请不要随意提及我父亲，我对他的离世仍然非常悲痛。”

哈特福德爵士显得有些惊慌，连忙转移话题：“请原谅我的失言！您已经穿上了华丽的盛装，看来您已经为今天的活动做好了准备。”

“当然。今天是个非常重要的日子。”尼妮挺了挺身子，底气十足地回答。

“但是，您旁边的这位是……”哈特福德爵士稍稍抬头，终于问出了他一开始就想问的问题。

尼妮假装带着一丝愠怒，用国王的口吻训斥道：“真是太无礼了！这位是我特别邀请的贵宾，是来自远方甘妮娅王国的甘妮公主，她将与我一同出席宴会！”

“哈特福德爵士，您好！”甘妮按照事先排练过的那样，优雅地提起裙子一侧，行了一个完美的屈膝礼。

“您好，甘妮公主。”哈特福德爵士显然没有消除疑虑，他努力用上最恭敬、最轻柔的声音，“请问，甘妮娅王国在哪里？我怎么没听说过。”

“你知道全天下的事吗？”尼妮瞪了眼哈特福德爵士，“甘妮公主的身份你也怀疑？”

“不敢，不敢，陛下。”哈特福德爵士连忙行礼道歉。

“陛下，请息怒！”甘妮忍住笑，对尼妮行了个礼，然后转向哈特福德爵士，“甘妮娅王国在东方，周围是一片大海，你没听过很正常。”

“抱歉，甘妮公主。现在我知道了。”哈特福德爵士看时间差不多了，没再多问，恭敬地低下头致意，“那么，请允许我引领国王和您前往宴会厅。”

甘妮和尼妮对视了一眼，强忍着笑意，跟随哈特福德爵士前往宴会厅。

这是一个很大很华丽的宴会厅，宾客们身着光鲜亮丽的晚礼服，如同夜空中璀璨的星辰。谈笑声此起彼伏，与他们身上璀璨的珠宝和精致的服饰交织在一起，营造出一种奢华而热烈的气氛。空气中弥漫着高级香水的气味和轻柔的音乐旋律，让人仿佛置身于一个充满欢乐和活力的世界。

“这边是科林代尔王国的凯尔国王和戴蒙德王后，那边是达尔斯顿公国的沙德公爵和恩菲尔德侯国的威廉王子、肖恩伍德公主，还有这边是……”哈特福德爵士向甘妮和尼妮细致地介绍着每一位贵宾。

尽管那些贵宾的名字和头衔像波浪一样在甘妮和尼妮耳边起伏，令她们感到些许迷茫，仿佛置身于一个陌生而复杂的迷宫，但她们依然努力保持着和善的微笑，尽力展现出从容而优雅的举止。

姐姐，我表现得怎么样？

到目前为止，非常出色！除了叫我……

知道啦，甘妮公主。你在奥兹王国也当过国王吧？

相比之下，你的风采更胜一筹。

听公主你这么说，我的自信心大增了。看来我真是当国王的料！

别太得意，作为国王要保持威仪。

看国王和公主聊得欢快，还没介绍完宾客的哈特福德爵士急了，只好冒昧地打断。

**陛下，贵宾们等候多时了。**

噢，知道了，那我们过去看看。

哦，好的！

陛下，您不必急于一时！除非是战争，否则国王不应显得匆忙。

啊，谢谢你的提醒，杰克。

那么我们优雅地慢慢走吧，陛下？

好的，我们从容地走，保持风度。

陛下，请稍微收敛一下，免得我笑场。

甘妮公主，看这些诱人的蛋糕，一定美味极了。我们尝一点怎么样？

哇，看起来真的很美味，但陛下，我们是不是应该先去向宾客致意？

礼节繁多，实在累人。身为国王，难道我不能随心所欲吗？我现在就想尝一口蛋糕！

陛下，这主意听起来实在不太妥当……要不，我们问问杰克吧。

算了吧，他肯定会说国王可以随心所欲。不是吗，杰克？

感谢您的垂询，陛下。历史上的君王们并不在站立时进食，通常都是在问候完毕后才落座享用。

看来即便是国王，也不能为所欲为啊。唉，这些礼节真是烦琐又无聊，累死个人了。

请您再忍耐片刻，陛下。

也只能忍耐了。

能忍的陛下都是有大胸怀的。

我现在宁愿有大肚子。太多美食啦！

就在这时，一个仆人端着满满一盘食物，脚步踉跄地向姐妹俩走来。

“嗨！当心！”甘妮喊道，但为时已晚。

“哗啦啦！”随着声响，仆人被自己的脚绊倒，食物溅了出来。甘妮试图躲避，连忙后退，却不慎踩到裙摆，跌倒在地。宴会顿时陷入一片混乱中。

“啊，甘妮公主，您没事吧？”杰克扶起了甘妮。

“没事，没事。”甘妮站稳以后，迅速恢复了公主该有的仪态。

哈特福德爵士从远处目睹这一幕，急忙跑过来。

仆人跪在地上，拼命求饶：“是我的错！我罪该万死！”

“你这个蠢货！”哈特福德爵士怒斥仆人，“立即将他处以死刑！把他的家人也带过来！”

姐妹俩震惊地对视一眼。因为这样的小失误就判死刑，这太不应该了。

“我没事。我没有受伤，衣服也很干净！”甘妮急忙对哈特福德爵士说。

仆人趴在地上，泣不成声地哀求：“陛下，求求您放过我无辜的家人吧。”

住手!

士兵们手持刀剑，将仆人团团围住。

“住手！”尼妮出声阻止，“死刑？这未免太过分了吧？”

“这是历代沿袭下来的法律。冒犯贵族者，他和他的家人都必须受到严惩。”哈特福德爵士振振有词。

“因为这样的小失误就判死刑，这太不合理了！”尼妮很生气，手在半空挥动，“从今天起，这种死刑取消了。”

哈特福德爵士迟疑了片刻，最终改变命令，说：“遵照仁慈陛下的命令，来人，把这个家伙赶出宫殿。”

士兵带走了仆人。甘妮担心仆人会遭受暗算，便悄悄跟了上去。幸运的是，仆人只是被赶出了宫殿。

正当甘妮要返回宴会厅时，她看到了一个在宫殿门口徘徊的少女。少女的眼神很急切，似乎有话要说。

“她看起来和我差不多大，是不是遇到了什么麻烦？”甘妮心里想。

虽然甘妮十分担心少女的处境，但是她不能停留，便匆匆地回到了宴会厅。

# 第三章　可疑的影子

夜幕降临，宴会终于圆满地落下帷幕，宫里的仆人们正忙着清理会场。宴会过后，美味的食物还剩很多。

“陛下，现在轮到我们做自己的事了。”甘妮说完，拉着尼妮就要出宫。

“我们该做的事是什么？”尼妮望着甘妮满脸疑惑，“不是该好好吃一顿吗？刚才那么多好吃的我都没有吃到，我一定要好好犒劳下自己。当国王实在太累了，有那么多好吃的也不能敞开肚皮吃。”

“还吃！我们可不是来吃的。”甘妮点了一下尼妮的额头，“是时候寻找黄金书签了。宫殿里现在正忙着打扫，我们可以趁机去花园里找找看。”

“那我们赶紧去吧！”尼妮留恋地看了眼美食。

姐妹俩快步来到花园，开始四处寻找黄金书签。

“给我滚开！”不远处传来了士兵的吼声。站在士兵面前的，是一个瑟瑟发抖的少女，正是甘妮之前在宫殿门口看到的那个衣着破旧的女孩。

“如果不想挨打，就快滚！这是王宫，不是你该来的地方。”士兵挥舞着长矛威胁道。

“住手！”甘妮大声喝止。

士兵被突然的喝止声吓了一跳，回头看是一名公主，便犹豫着行了个礼。

“让这个少女进来！”甘妮命令道。

士兵犹豫不决时，尼妮站了出来。

“这是国王的命令！让这个少女进来！”尼妮的声音不容置疑。

士兵看见国王，赶紧行礼。

“陛下，这是有悖于国法的……”士兵试图争辩，仍没放下拦住少女的长矛。

“少废话！”尼妮打断了他。

见国王生气了，士兵只得放下长矛，对衣衫褴褛的少女做了个请的手势。少女缓缓地走进宫殿的花园，甘妮和尼妮迎了上去。聊了几句之后，姐妹俩带着怯生生的她进入宫中，来到了起居室。

少女自称“南希”，是个乞丐。得知是乞丐，姐妹俩对视了一下。她们进入的是《王子与乞丐》中的故事王国，汤姆已经是修道院院长了，看来这名乞丐很可能是主角。

南希的声音带着一丝颤抖，她说：“我生病的父母和八个弟弟妹妹都指望着我。听说今天宫里有大型宴会，我想或许能找到一些剩余的食物，所以我怀着一线希望来到了宫前。我犯了死罪，请宽恕我！”

“别担心，南希，你并没有做错什么。”甘妮安慰南希，语气很温柔。

“咕噜噜！”突然，南希的肚子发出了响声。这意外的插曲打破了周围的寂静，引得众人都笑了。尼妮随即叫来仆人，吩咐他们将美味佳肴端上来。

仆人们听从吩咐，端着食物进来，桌子上很快摆满了各式各样的美味佳肴。

甘妮拿起一块巧克力松饼看了看，咂着嘴说：“绵密的松饼和香浓的红茶，真是完美的搭配！”甘妮话音刚落，就有仆人给她端上来一杯红茶。

“我这辈子还是头一次见到这么多的美食。”南希的眼睛瞪得大大的，充满了惊喜。

“谢谢陛下！”甘妮和南希异口同声道。

“那就别客气了，开始动嘴吧！”尼妮早就口水翻涌了，恨不得长上十张嘴。

三个人一边品尝美食，一边愉快地聊天。她们相谈甚欢，完全忘记了时间的流逝。南希不仅谈吐风趣，还擅长模仿动物的叫声。

“你们知道猪是怎么打呼噜的吗？呼噜呼噜呼噜，呼噜呼噜呼噜呼噜……”

“哈哈哈！”甘妮和尼妮笑得前仰后合。

“南希，你怎么模仿得这么像？”甘妮很是好奇。

“因为我每天和猪睡在一起呀。”

“哎呀，你骗人！”姐妹俩笑得喘不过气来，都觉得不可思议，哪有人和猪睡一起啊。

“南希，你今晚就在这里过夜吧？”尼妮询问南希。

“对啊，以后还不知道什么时候能再有这样的机会呢。”甘妮也发出了邀请。

“真的可以吗？那太感谢了！明天我会早点离开，免得给你们添麻烦。”南希的眼睛亮了起来。

游戏结束了！

甘妮和尼妮玩得实在太尽兴了，完全忘了她们当下所扮演的角色，也忘了南希说的到宫前来的最初想法，要不，她们一定会为南希爽快的应答生出怀疑。是的，怀疑，哪怕多一丁点谨慎也行。

三人的笑声一直持续到深夜。尼妮最先睡着了，甘妮也接着进入了梦乡。

南希没有睡，她从座位上站起来，慢慢地环顾卧室。然后，她走到了躺在床上的姐妹俩身边。在皎洁的月光下，南希的表情变得冷酷而阴森。

“玩得开心吗？”南希低头看着熟睡的姐妹俩。

“游戏结束了，你们这些天真的旅行者。”南希露出了阴森的笑容。

# 第四章　甘妮变乞丐

第二天早晨，甘妮从睡梦中醒来，感觉到了一丝不寻常的气氛。

“奇怪，这床怎么如此坚硬，而且还这么冰？”

“终于醒了吗？你这个不知天高地厚的丫头！”突然，头顶上传来了刺耳的声音。

甘妮睁开眼睛，只见哈特福德爵士正居高临下地瞪着自己，恨不得要把自己吃了一样。

“你这个街头小乞丐，竟敢擅自闯入神圣的宫殿！”哈特福德爵士吼道。

“乞丐？你说什么胡话？我是甘妮公主！”甘妮急忙从冰冷的地板上爬起来。

“哼！公主？瞧瞧你是啥模样！”哈特福德爵士冷笑着，“有你这样穿成乞丐模样的公主吗？”

甘妮赶紧跑到镜子前。她简直不敢相信自己的眼睛，自己竟然变成了一个脏兮兮的乞丐。

这世上哪有你这样打扮的公主？

这时，一个身着华丽礼服的身影走了进来，她正是和昨天一模一样的甘妮公主。

甘妮揉了揉眼睛，不敢相信。一个与自己长得一模一样的人，正穿着自己昨天宴会上穿的礼服，优雅地站在自己面前。

“这公主不正是我吗？”甘妮惊讶得说不出话来，只能在心里这么大喊。

“奉陛下之命，将这个乞丐赶出宫殿。”假的甘妮公主冷冷地说。

甘妮公主转达的命令让哈特福德爵士非常不解，他皱着眉头说：“她不是应该受到更严厉的惩罚吗？这样……可是……好吧，遵命！”

哈特福德爵士一挥手，士兵们便上前拖走了甘妮。

“不，我必须留在这里！我要见国王陛下！我不是乞丐！我是甘妮公主！”

尽管甘妮拼命挣扎，大声呼喊，但一切都是徒劳。士兵们紧紧抓住她的双臂，无情地将她拖出了宫殿。

与此同时，尼妮从一大早就开始忙碌，虽然不需自己动手，只是接受仆人服侍，但是她感到身心俱疲。哪怕是洗脸这样简单的事情，也需要多人协助。仆人们还花了数小时挑选服装，从衬衫、背心、裤子、腰带、斗篷到鞋子，要选择的实在太多了。

“当国王简直要疯了，傻子才要当国王。”尼妮在心里喊道。

“陛下，现在开始着装，请指示。”

“全都准了！能不能快点给我穿上，快点！”尼妮感到非常郁闷，她大声命令道。

“姐姐去了哪里？要是和姐姐一起用魔法书装扮，早就完成了……”尼妮心里这么想着，当前只能听凭仆人摆布。

被赶出宫的甘妮在街头孤零零地徘徊。没有了魔法书，她无法与尼妮取得联系。

“在幻想王国能使用手机该多好啊。只要能联系上尼妮，她就能帮我向宫殿里的人解释清楚，很快就会来接我……”甘妮想要回到尼妮独自留守的宫殿，但一想到那些追赶她的士兵，她就觉得必须另寻他法。

在幻想王国的旅行中，陷入困境已经不是一次两次了，但像这样束手无策还是第一次。

甘妮不知不觉中走进了热闹的市场，商贩们警惕地打量着她。这令她感到有些不自在，下意识地缩了缩身子。

甘妮在面包店前站了好一会儿，看到店主非常不友好的目光，摸着一个子儿都没有的口袋，只好走开。

“早上什么都没吃，又走了这么久，肚子真的好饿。昨晚真应该多吃些糕点的。”甘妮心中后悔，在幻想中咬了一口面包，试图尝到它的滋味。就在这时，有人拍了拍她的肩膀喊：“危险！快逃！”

一个和甘妮年龄相仿的女孩说着迅速跑开了，她身上的衣服很破旧。

甘妮猛地回过神来，环顾四周。身后不远处，一群看起来像凶神恶煞的男人和女人正朝她逼近。“不好！”她心中一紧，开始不顾一切地狂奔。

但是，甘妮没跑多远就发现自己置身于一个死胡同中，那些不善的男人和女人迅速围了上来。

“跟我们走吧，怎么样？我们那儿有吃的，还有暖和的地方睡觉。”一个女人紧紧抓住了甘妮的胳膊。她讲的内容听起来很甜美，但她的声音却让人毛骨悚然。

“放开我！我不是这里的人！”

“你在说什么呢？在这里，你就是这里的人。”

甘妮被一群乞丐团团围住，只得往墙角里退。突然，她察觉到背后有动静，是从破旧的墙后传来的。

那个之前见过的女孩从墙后探出头来，低声说："跟我来！我能帮你逃脱。"

"我怎么能确定你不会害我？"甘妮犹豫地看着女孩，又看了看那些乞丐。面对险境，甘妮对这两伙人都抱有怀疑。

# 第五章　那就不装了

宫殿的膳食从早餐开始就非常丰盛，餐桌上摆满了琳琅满目的食物。

“哇，有牛排，还有炸鸡……难道我们要把这些全都吃光吗？”尼妮惊叹着看向甘妮，可她却一言不发，坐在对面像个陌生人。

“如果南希能来和我们一起吃早饭就好了。”尼妮以为姐姐想着南希，不无遗憾地说。

甘妮却冷冷地回了一句："算了吧，她就是个乞丐。"

"姐姐，你怎么这样说？"尼妮感到有些意外，今天的甘妮很不同寻常。

尼妮转头用目光询问杰克，可是杰克也不知道，只能耸耸肩、摇摇头。

尼妮想了很多种可能，但都被她逐一否决掉了，她实在弄不清楚状况了。

甘妮公主，你今天好像心情不太好，从早上开始就一副冷冰冰的样子。

有吗？我没事啊。这不是重点。我在想，魔法书里的黄金书签有几枚。

什么魔法书？

现在都是自己人，不要演。

你怎么突然问起这个了？你不是知道吗？

因为这件事很重要，我只是再确认一下。快点吃，我们得赶紧找黄金书签去。

姐姐，我连一半都还没吃完呢。不用那么急，杰克会帮我们的。

能帮助你们，我感到非常荣幸！

三个人倒是比两个人强一点。

不只是强一点吧，我对宫殿情况了如指掌。

好的，杰克，我们拜托你了。

你还没吃完吗？现在又不用扮国王，不用那么优雅，快吃，我们得抓紧时间了。

正常人吃饭也不应太快，又不是乞丐，要抢东西吃。

你，闭嘴！

姐姐，我知道你责任心很强……不过，今天确实感觉你有点不对劲……

别啰唆了，尼妮。

好吧，好吧。早饭就吃到这儿吧，我们现在就去找黄金书签。这样可以了吧？

魔法书在你那儿吗？

嗯，在呢！我把它藏在衣服里面了，穿着这么厚的衣服，看不出来吧？

是啊。让我看看魔法书吧。

为什么？你需要用它吗？

我就是想看看。

嗯……你现在不是奇怪，是有点可疑了！

别这么啰唆，把魔法书给我。

穿了这么多衣服，拿出来再放回去很麻烦，要不就姐姐你拿着吧。

那……那也可以吗？对我来说倒无所谓。

姐姐，你今天真的有点反常。

别啰唆了，快拿来吧。

好啦好啦，就给你啦。

甘妮和尼妮开始在宫殿里寻找黄金书签。

“黄金书签无疑是一件宝物，有可能收藏在宝物库里。”杰克给出了建议。于是，他们首先来到杰克说的房间，那里陈列着精美的瓷器。

“哇，这些瓷器真是太美了！真是艺术品！”尼妮赞叹不已。

“我们现在没时间欣赏。尼妮，专注点！我们得迅速找到黄金书签！”甘妮催促道。

为了提高效率，杰克建议分头寻找，他自己前往隔壁那个满是宝石工艺品的房间。

尼妮环顾着四周的瓷器，不禁感叹：“这里太宽敞了……啊，我们得用金属探测器！”

尼妮走向甘妮，发现她站在原地聚精会神地看着什么。

“姐姐，你干什么呢？已经找到黄金书签了吗？”

“啊，我还没找到。你呢？”甘妮被尼妮突然的接近吓了一跳，不自觉地挥手扇着风，似乎在遮掩什么。

“我想从魔法书里拿金属探测器。你怎么了？看起来很热。”

“嗯，确实有点……可能是因为穿了不习惯的衣服。”

尼妮笑着提议：“要不我们吃个冰激凌凉快一下？”

“冰激凌？好主意。”甘妮立刻表示赞同。

甘妮回避着尼妮的目光，将魔法书递过来，尼妮接了。

“我要吃薄荷味的冰激凌，姐姐你呢？”尼妮问。

“我也要一样的！”甘妮迅速回答。

“一样的？你确定？”尼妮略带惊讶地再次确认，甘妮点了点头。于是，尼妮从魔法书中拿出两个薄荷味冰激凌，递给了甘妮一个。平时不喜欢吃薄荷的姐姐今天却说跟自己要一样的，这让尼妮的疑虑更甚了。

尼妮问：“冰激凌好吃吗？”

“好吃，要不我们再吃一个？”甘妮想把手伸进魔法书，但尼妮却阻止了她。

“怎么啦，再吃一个不行吗？”

“你是谁？我姐姐从来不吃薄荷！”

“真有你的。”甘妮的表情突然变得冷酷，一股黑色的烟雾像旋风一样喷涌而出。

“你……你是……”

“既然被你识破，那我就不装了！睁大你的眼睛，看看我是谁吧！”

黑色的浓烟变成了一个巨大的人形，站在了尼妮面前。

是黑魔法师！

“啊！”尼妮尖叫一声，黑魔法师迅速念起咒语，指挥烟雾堵住了她的嘴。

从现在开始，
为我服务吧！

“咳咳——”尼妮咳个不停。

黑魔法师向尼妮伸出手，黑色的烟雾包围了她，他想夺走魔法书。

“你对我姐姐……咳……咳咳……做了什么？”

“现在可不是担心你姐姐的时候。”黑魔法师嘲笑尼妮，指尖聚集了力量。

“不！我不要！”尼妮尽管拼命挣扎，却被紧紧包裹在黑烟中动弹不得。黑色的烟雾钻进了尼妮的口鼻，不久，尼妮的瞳孔也像黑魔法师一样变成了红色。

太阳缓缓沉入地平线，甘妮被一群乞丐追赶上抓住后粗暴地塞进马车，不知要前往何方。

“刚才是不是应该接受那个女孩的帮助？”马车上，甘妮感到一丝后悔。

路上行进了几天，甘妮都被迫各处行乞，按照乞丐们的命令行事。他们威胁她，如果不能完成当天的乞讨任务，就会受到严惩。

甘妮多次尝试逃跑，但每次都被乞丐们抓回，不仅遭到一顿毒打，还要被逼去恶犬多的地方行乞，任务也比之前增加了。这一切就像是一个永无止境的恶性循环，一场永远无法逃脱的噩梦，已经好几天没怎么吃东西的甘妮几乎受不了了。

“我要振作，我不属于这里。我是甘妮……甘妮。”甘妮只能给自己打气，以求坚持下去。然而，每当她自言自语时，乞丐们总是嘲笑她。

“甘妮是哪个？没听过。”

“你疯了吧？你就是一个乞丐而已。”

“你和我们没什么两样！”

“有时间发呆，不如想办法多讨点。”

……

乞丐们的嘲笑声此起彼伏。每一次，都加重了甘妮对自己的怀疑。有时，甘妮甚至都想，要不干脆做乞丐算了。

马车最终抵达了乞丐窝。这里曾是一个粮仓，但在一场大火后成了废墟，之后乞丐们便聚集在这里生活。甘妮从马车上下来时，一个乞丐少年迎了上来。

“新面孔啊，那我们得举行一个入会仪式！”乞丐少年捡起一块石头朝甘妮扔去，但她敏捷地躲开了。

“住手！在我向国王报告之前，你最好停手！”甘妮瞪圆双眼，大喝道。

“国王？我父亲是乞丐窝的王，我就是这片区域的王子。我的话就是法律！”乞丐少年宣示自己的身份。

当乞丐少年准备再次投掷石块时，甘妮换了一种口气对他说：“把我送回宫殿，我会给你丰厚的奖赏，而不是惩罚。在这个王国里，我有一件必须完成的事情！”

甘妮一前一后两种截然不同的态度，让乞丐少年觉得很有趣。于是，他召集来更多的乞丐。

别等了，臣民们，开始吧！

听到乞丐少年的命令，乞丐们围了过来，甘妮无处可逃。他们手上都拿着石块，如果被砸中，非得头破血流不可，搞不好还有可能被砸死。

甘妮内心恐惧，不停地前后左右看着，她得提起一百个心眼，防备随时可能从任何方向砸来的石头。

“够了！你们这些恶棍！”在这紧要关头，甘妮背后传来了清脆的声音，是市场上试图帮助她的那个小女孩。

“是克莱尔！女巫克莱尔！”女孩的出现让乞丐们惊慌失措，四散奔逃。

“别怕！我的父亲是乞丐头，有什么好怕的！”乞丐少年虽然大声喊叫，但没人听他的。

“你这个肮脏的女巫！从这里消失！”乞丐少年挑衅地走向克莱尔。

“如果我不呢？”克莱尔轻蔑地说。

一靠近克莱尔，乞丐少年立刻挥拳砸过去，没想到对方抢先一步踢向他的小腿。乞丐少年疼得弯下腰，双手抱着腿，呜咽着哭了起来。

“我会告诉我爸爸的！”乞丐少年哭着跑开了。

“你有没有受伤？”女孩关切地问甘妮，上下左右对着她查看起来。

“谢谢！我应该早点跟你走的。”甘妮感到一丝温暖，感激地握住了女孩的手。

“现在重逢也不晚。我叫克莱尔。我也和乞丐们一起生活，但不属于他们的团伙，他们都叫我女巫。”克莱尔笑了起来，靠近甘妮耳边低语，“很多人都怕女巫，于是我就说自己是女巫。”

甘妮笑了，朝克莱尔竖起大拇指。

小样，看踢！
我要告诉我爸！

克莱尔带甘妮来到一个角落，这里有一个小土堆，土堆上有一个勉强能容一人进入的洞。

“因为没有被子，我们都是挖个洞，然后钻进去睡觉。”克莱尔解释道。

“这真是个聪明的办法。”甘妮打心里赞叹道。

“办法总比困难多嘛。”克莱尔坦然接受了甘妮的表扬，“你也很聪明，但动脑前要先填饱肚子。”

克莱尔爬进土堆，从里面掏出一块干巴巴、硬邦邦的面包。经过漫长而疲惫的这几天，甘妮的体力已经消耗殆尽。平时，她是绝不会碰这种看起来毫无食欲的食物，但此时此刻，饥饿已经让她无法再挑剔。她拿过面包，狼吞虎咽地吃了起来，平时讲究的礼仪全都抛诸脑后。

“要是我有魔法书就好了……”甘妮欲言又止，叹了口气。她觉得自己即使说出来，也不会有人相信的，那倒不如不说，免得还要去解释。

“其实从你被赶出宫殿的那一刻起我就在关注你了。你是不是遇到了什么不公的事情？”克莱尔的声音很轻很轻，生怕触动了甘妮的伤痛。

克莱尔的话语让甘妮眼眶中泛起了泪花。她强忍着泪水，将泪水与面包一同咽下。

“是的，很难解释清楚，但……克莱尔，你为什么要对我这么好？”甘妮觉得还是有必要问一下。

“我也有过类似的经历。我曾被误认为是市场上的小偷，差点被送进监狱。幸运的是，一位贵夫人出面为我辩护，事情才得以解决。”

“原来如此……”甘妮缓缓地点了点头。

“那时我就下定决心，如果有一天遇到处于困境中的人，我一定要帮助他。”

这时，前方骚动起来。甘妮和克莱尔同时抬起头，看到一伙人奔她们而来，走在最前面的是一个身材魁梧的男人，气势汹汹；而这个男子身后，是刚才被克莱尔揍哭跑掉的乞丐少年。

“是谁打伤了我的儿子？”这声音听起来很恐怖，还带着不可一世的怒气。

身材魁梧的男人就是乞丐头。随着他的声音隆隆地响起，那个一直纠缠甘妮的乞丐少年，也变得趾高气扬起来。

来者不善，甘妮和克莱尔立即站起身来。

“你们这两个放肆的东西，竟敢动我的儿子？！”乞丐头朝着两个少女大步走过来，伸出左手食指指着她们，脸上写满了蛮横和凶狠。

克莱尔挺身而出，挡在了甘妮前面，跟乞丐头对视。这让愤怒的乞丐头的脸色变得更加深红。

“多人欺负一个人，这是正当的行为吗？”克莱尔喊道。

“在这里，我就是王。所以，别跟我顶嘴！”乞丐头无比愤怒地吼道。

“乞丐王又怎么样？”克莱尔毫不退让。

“怎么样？我现在就来告诉你怎么样！”乞丐头用食指狠狠地戳了戳克莱尔的额头，紧接着猛地一推。克莱尔一个踉跄，险些摔倒，幸好甘妮扶住了她。

“住手！一个大人对一个孩子动手，算怎么回事！你就一点不害臊吗？”甘妮义愤填膺地冲向乞丐头，气势与刚才的克莱尔相比毫不逊色。

“哈哈哈！真好笑。你以为你是谁，想来教训我？”乞丐头挥舞着手臂，像一只大猩猩在宣示权威。

而之前的乞丐少年，因为有老爸撑腰，便朝甘妮做起鬼脸，一副欠揍的模样。

哪里?
那里!
快跑!

“啊，王室卫队！”甘妮敏捷地抓住这个机会，故意伸长脖子往乞丐头身后看。

“什么？在哪里？”趁乞丐头和众乞丐转头的一瞬间，甘妮抓住克莱尔的手，迅速逃离了乞丐们的包围圈。

“小兔崽子，给我停下！”待乞丐头回过神来，甘妮和克莱尔已经跑出很远了。

# 第七章　中了诅咒之后

穿梭在琳琅满目的宝物中寻找黄金书签绝非易事。杰克找得很认真，生怕遗漏任何微小的线索，但仍一无所获。

突然，隔壁房间传来了尼妮的尖叫声。

杰克急忙冲过去，只见尼妮面前站着一个身披黑色斗篷的

男人，浑身被黑烟环绕，两眼如同两团火；而尼妮，则被他用绳子般的黑烟束缚着。

“从魔法书中取出书签！”黑魔法师命令道。

“遵命！”尼妮表现得非常顺从。

尼妮面无表情，动作迟缓地从魔法书中拿出黄金书签，递给黑魔法师。好几枚黄金书签在黑魔法师的两掌掌心中间飘浮，散发着夺目的光芒。

“难道他就是传说中可怕的黑魔法师吗？”杰克害怕得浑身颤抖。

“尼妮现在怎么样了？她还安全吗？”杰克担心尼妮的安危，心中又充满了忧虑。

杰克意识到自己不能再袖手旁观，但他的双脚却像被钉在了地上一样。

“我只是一个普通的仆人，我能做什么呢？”杰克的勇气瞬间消失了。

突然，杰克想起了被黑烟包裹的爱德华和汤姆的手。

“如果黄金书签落入黑魔法师之手，不仅无法解除国王他们的诅咒，整个王国也将面临危机。旅行者们的年纪与我相仿，她们一直在勇敢地帮助王国，我为什么不能呢？”杰克想到这里，鼓起了勇气。

“啊，对了！国王房间里银色的剑！”杰克脑子里灵光一闪，想到了关键。

杰克迅速跑去房间里取来银色的剑，鼓起勇气，挥舞着剑向黑魔法师冲去。

“给我退后！”杰克大声喊道。

黑魔法师和尼妮的目光齐刷刷地转向杰克。杰克手中的银色长剑闪着耀眼的光芒，黑魔法师本能地抬起手臂遮住了眼。趁着这个机会，杰克猛地抢走魔法书。空中飘浮的黄金书签也仿佛受到召唤，瞬间归位到魔法书中。

“请跟我来！”杰克把书塞给尼妮，拉起她的手开始狂奔。尼妮的眼神仍然呆滞，跑得并不快。

黑魔法师看着他们逃跑，轻蔑地冷笑道：“跑吧，快跑吧，试着逃远一点。”

杰克领着尼妮冲出宫殿，直奔迷宫花园而去。“在迷宫花园里，黑魔法师也束手无策！”杰克心里这么想着。

也不知跑了多久，他们到达了迷宫的深处。见黑魔法师没有追赶上来，杰克停下脚步，大口喘息着。

尼妮依旧被黑烟笼罩，眼里空洞无神。杰克很难过，摇着尼妮的双肩呼喊：“你快醒醒啊！”

“消失！走开！”杰克挥舞着银色的剑，砍向围绕尼妮的黑烟。黑烟随着剑光闪烁逐渐变淡。在最后一丝黑烟消散后，尼妮也恢复了神志。

“杰克，黑魔法师变成了我姐姐的样子！”尼妮清醒过来后的第一句话，让杰克大吃一惊。

“什么？那甘妮公主现在在哪里？她会不会遇到什么危险？”杰克担心得很。

突然，天色暗了下来，黑魔法师张开巨大的斗篷出现在两个孩子面前。

“甘妮已经死了。”黑魔法师冷笑道。

尼妮感到心脏猛地一沉，但她不想表现出来。她和杰克一起握着银色的剑，与黑魔法师对峙。

“你在说谎！这只是你想夺走魔法书的诡计！”尼妮喊了起来，浑身都在颤抖。

“你误会了。”黑魔法师周围的黑烟越来越浓，“我对魔法书之类的东西并不感兴趣。”

“别说谎了！你抢黄金书签，不就是为了占领幻想王国？”尼妮道出了黑魔法师的野心。

黑魔法师阴笑着说：“那正是你误会的地方。”

“误会？那是什么意思？”尼妮有些迟疑了。

一旁的杰克警惕地说：“不可能！他肯定有什么诡计！我们要保持警惕！”

黑魔法师的声音突然变得温和，充满诱惑性，他说：“我想要的只是一枚黄金书签。”

就在杰克和尼妮愣神的瞬间，黑魔法师伸出手，黑色烟雾迅速涌向他们，将他们笼罩。在烟雾的缠绕下，两个孩子的双眼闪烁起红色的光芒。

“只要一枚？是真的吗？”尼妮的意识变得有些迷糊，“如果你只要一枚的话……”

“是的！我只想要回原本属于我的那枚黄金书签，仅此而已。”黑魔法师迫不及待地打断了尼妮的话。

“原本属于你的那枚？”尼妮的嘴唇微微动了动，声音微弱。

黑烟在尼妮和杰克周围愈发浓重，几乎要吞噬一切。在这烟雾中，尼妮像是受了某种驱使，机械地翻开了魔法书。随着书页的翻动，黄金书签缓缓升空，静静地悬浮着。

“你寻找的书签在其中吗？”尼妮呆滞地问。

黑魔法师目睹这一幕，一抹得意的笑在他的嘴角浮现。紧接着，他猛地伸出双手，试图将那几枚飘浮在空中的黄金书签全部收入囊中。

“不可以！”一声惊呼划破空气。

话音未落，只见一双巨大而柔软的史莱姆之手猛地从魔法书中伸出，以迅雷不及掩耳之势夺走黄金书签，并拽回书中，然后“啪”一声合上了魔法书。

# 第八章　快搬救兵

甘妮和克莱尔跑进森林，彻底甩掉了追赶的乞丐。她们停下来喘口气后，便沿着一条僻静的小路快速前行。甘妮的心情沉重，一边担心妹妹尼妮，一边担心克莱尔，她深知克莱尔因为自己而失去了唯一的安身之所。

甘妮满怀愧疚地说："克莱尔，真的很抱歉，因为我，你陷入了这样的困境。"

克莱尔却轻松地回答："我本来就在考虑离开那个地方，现在只是提前了而已。你别太担心。"

甘妮语气坚定地承诺："如果我们能回到宫殿，我一定会请求国王为你安排一个住处。我向你保证。"

"宫殿？国王会给我房子？那真是太不可思议了！"克莱尔的眼中闪过一丝惊喜。

克莱尔突然停了下来，指着森林小径尽头的城堡说："看！那就是我提到的那位贵夫人的家。埃迪丝夫人的丈夫是亨登爵士，他和国王的关系非常亲密。如果我们能说服亨登爵士，就能回到宫殿。"

站住！这里是亨登爵士的城堡。你们这两个乞丐滚远点。

王国内出现了紧急情况，我们是来搬救兵的，请让我们见见领主或夫人。

哼，两个小乞丐还敢提王国大事？领主很忙，没空搭理你们。

无礼！你知道这位是谁吗？

不就是乞丐吗？

瞎了你的狗眼，她可是甘妮公主，爱德华国王的贵宾。

因何事骚动？

啊，大人，这两个乞丐想要见您，说是王国里有要紧事。乞丐怎么可能知道宫中的事情呢，不用理会他们。

我不是乞丐！我是来自甘妮亚王国的甘妮公主！

甘妮公主？你好公主，找我什么事？

我……

你怎么哑巴了？

不得无礼，卫兵。亨登，这样可不像你。

不像我？你这话从何说起？

当年爱德华陛下被误认为乞丐时，唯一相信他的人就是你。这孩子也许是同样的情况。至少，我们应该听听她想说什么。

好的，听听也无妨。那么，甘妮公主，王国真的发生了紧急情况吗？

是的，我之前一直在王宫中，为爱德华陛下提供帮助。我的妹妹现在还在王宫里，临时扮演了陛下的角色。

修道院院长汤姆就在王宫附近，为什么需要你的妹妹扮演呢？

因为爱德华陛下和汤姆院长有要紧事，必须一同离开王宫。接着，一个和我长得一模一样的女人出现了，她将我变成乞丐，她自己则变成我，并把我逐出宫殿。现在，她可能仍在冒充我，用甘妮公主的身份给宫中的人制造麻烦。

我在宫中见过甘妮身着公主装，也目睹过她帮助其他不幸的人。甘妮公主是个善良、诚实的人，值得相信，尊敬的爵士和夫人。

我相信克莱尔，人与人之间确实应多点信任。

好吧，我暂且相信你们。你们再说说王宫里发生的事情，让我听一听到底怎么了。

甘妮为克莱尔的信任和辩护感到暖心，她下定决心要说服亨登爵士和埃迪丝夫人。她意识到，为了说服他们，她必须坦白一切。

“其实，我是一个旅行者。我在幻想王国的各个王国间旅行，寻找失踪的黄金书签。现在，我们这个王国正面临着危险，黑魔法师计划夺取这里的黄金书签……”甘妮的语速有些快，看得出她很着急。

亨登爵士和埃迪丝夫人静静地注视着甘妮那双充满真诚的眼睛，听完她的陈述后，两人对视了一眼。

亨登爵士缓缓开口说：“旅行者已经很久没来访了。”

“看来情况确实不妙，我们必须立刻去见爱德华陛下。”埃迪丝夫人提醒道。

“爱德华陛下和汤姆同时被黑魔法师诅咒了。所以，我妹妹尼妮暂时扮演了国王陛下，而我扮演公主从旁协助。但是突然出现了一个和我长得一模一样的人，她给我穿上乞丐的衣服，把我赶出了宫殿！”甘妮的语速依然很快。

“嗯，这情形确实同当初爱德华与汤姆身份互换的时候很相似。”亨登爵士若有所思。

“我说的都是真的。”甘妮拍着胸脯，语气坚定，“我可以对天发誓……”

“无论如何，我们先带着骑士团去宫殿看看吧。”埃迪丝夫人打断了甘妮的话，“孩子们，你俩跟着一起前往。”

亨登爵士随即向士兵们下达了命令，骑士团和甘妮一行人迅速向宫殿进发。抵达后，他们发现宫殿的大门敞开，士兵和臣民都不见了踪影。

“气氛不太对劲！骑士团全体，提高警惕！”亨登爵士拔出了剑。

骑士们也纷纷拔出剑，提高了警惕。

正义骑士团立刻集结，迅速向宫中进发！

进入大门后，众人下了马，甘妮和克莱尔跟在队伍后面，大家谨慎地步入殿内。随着亨登爵士一个手势，众人分头行动，去各个方向查看情况。

“尼妮，你在哪里？尼妮——”甘妮和克莱尔一边呼唤着尼妮的名字，一边四处寻找她的下落。

# 第九章 骑士战海盗

正当甘妮和克莱尔穿过中央大厅准备通过走廊进入起居室时，两个奇怪的东西在走廊中间出现，像人又不像人，裹着浓厚的黑色烟雾，烟雾里面还不时传出令人毛骨悚然的声音。

克莱尔感到害怕，停住了前进的脚步。

“克莱尔，那东西看起来像是尼妮！”甘妮一点都不害怕，立刻冲向烟雾，但被克莱尔紧紧拉住了。

“甘妮，危险！那可能是黑魔法师的手下！”克莱尔郑重地警告甘妮。

两个不明物体听到了她们的对话，立即改变方向，向她们迅速靠近。

“不，那看起来像我妹妹。我得靠近看看！”甘妮坚持要走上前去。

“那样做的话你也会有危险的！”克莱尔抓紧甘妮的手，焦急地喊道。

就在这时，整个大厅突然变暗，仿佛夜晚降临。

危险！
是尼妮！

甘妮停下脚步抬头望去，只见黑魔法师正张着巨大的斗篷向自己飞来。

“你居然没死，还活着回来了。我本希望你在路上死掉的。”黑魔法师有些不甘，“没关系，那现在就让你再死一回。”

“我不会让你得逞的！”甘妮毫不畏惧。

黑魔法师也不在意，向甘妮伸出一只手，一股黑色的烟雾喷涌而出，瞬间包围了甘妮。

甘妮立刻感到头脑发昏，全身动弹不得，无法清晰思考。

“拿出你手上的黄金书签。”一个有魔力的声音灌进甘妮的大脑。

“黄金书签？”甘妮像被催眠了一样缓缓地重复。

一旁的克莱尔感觉到不对劲，悄无声息地溜出走廊去找亨登爵士求助。

甘妮强大的意志发生了作用，重复完“黄金书签”四个字后，她使劲地摇了摇头。黑色的烟雾似乎败下阵来，逐渐散去，甘妮的意识也逐渐恢复。

“你为什么要这样做？”甘妮大喝一声，余下的烟雾居然被喝退干净。

黑魔法师又伸出一只手，制造出更多的烟雾朝甘妮涌去。甘妮试图躲避，但无济于事。

“我也算是幻想王国的主人公。所以，拥有一枚书签不是理所当然的吗？”黑魔法师傲慢地说。

“我们去过的王国里没有你的故事！所以，我们收集的东西不属于你！”尽管甘妮强烈反抗，她的意志力也很坚强，但疲惫的身体无法抵挡再次袭来的已被加强的黑魔法。最终，甘妮彻底失去了意识。

黑魔法师把从尼妮那儿夺得的魔法书扔给甘妮。甘妮接过魔法书，在黑魔法师的命令下，从魔法书中拿出了黄金书签，一、二、三……

“为什么一直拿出黄金书签？”托尼从书中出来阻止，看到黑魔法师后瞬间意识到情况不妙，立刻紧紧抱住了黄金书签。

“又是你！又坏我好事！”黑魔法师看到托尼就来气，斗篷下又涌出一大股黑烟。

“甘妮快醒醒！”托尼急忙钻进魔法书中，“我一定要看管好魔法书。”

黑魔法师的速度也不慢，仍抢到一枚黄金书签。

“快停下！”就在那一刻，亨登爵士率领骑士团冲了过来，向黑魔法师发起攻击。

“你们又是哪里来的小喽啰。”黑魔法师发出一声冷笑，“快点滚开，本大人没空和你们玩。”

“看剑。”亨登爵士因被轻视而感到了耻辱，和众骑士一起朝黑魔法师杀将过去。

骑士们将剑和矛对准黑魔法师，黑魔法师快速飞向顶棚。

“就凭这些武器想打败我？愚蠢的人类！”在黑色的烟雾中，黑魔法师将手上那枚黄金书签抛向空中，并念起了咒语，“图欧——埃莫克——埃塔里普夫！”

天花板上迅速蔓延出浓郁的黑色烟雾，先是传出一阵怪叫，后是一群海盗从烟雾中出现，如同从天而降的幽灵。他们之中，一个手持狰狞钩爪的海盗头领格外显眼——那便是令人闻风丧胆的胡克船长！

“真的没空陪你们玩，就让这些海盗陪你们过家家吧。”黑魔法师看着用黄金书签召唤来的邪恶力量，觉得很满意，“等把全部书签搞到手，就更好玩了。”

亨登爵士面对这些突如其来的海盗，不禁露出惊愕之色。

海盗们起初也为这意外的变故感到疑惑，但超强的适应能力很快就让他们将目光锁定在亨登爵士及其麾下的士兵身上，本能地将他们视为敌人。海盗们兴奋地抽出武器，群情亢奋，准备迎接即将到来的战斗。

黑魔法师高举手臂，指向亨登爵士率领的骑士团，向海盗们下达了命令：“消灭他们！”

“冲啊！杀啊！”海盗们叫嚣起来。

“冲啊！杀啊！”骑士团的士气毫不逊色。

海盗团伙和骑士团的大乱斗就这样开始了。

这究竟是什么地方？
我也不知道！不是让我们先战斗的嘛！
看来我们将迎来一场久违的血战！
咣
嗖
我，胡克船长，会让你尝到苦头！
你这个海盗，竟敢攻击骑士？

甘妮，快醒醒！
啊……
如果有魔法书，我就能对抗黑魔法师了……
魔法书？
对，从那里可以找出各种武器！
我的拳头就是有力的武器。
啊，对了！武器！爱德华国王的银色盔甲！那里有剑！
那我们赶紧去找吧！

哪里跑！
啊！

克莱尔和甘妮悄无声息地从混战中抽身。当她们往爱德华的房间跑去时，两个不明物体也悄无声息地尾随她们而行。

“啊！”克莱尔回头看到后惊叫一声，不由自主地后退几步，而甘妮却勇敢地向前迈出步子。

“我有种感觉，它们似乎想传达些什么！”甘妮低声对克莱尔说。

“乌比……卡波。”不明物体突然传出奇怪的声音。

“你在说什么？”甘妮凑近一个不明物体，试图听清它说的内容。

“乌比……卡波……跟我……”

“跟你走？去哪里？”甘妮疑惑地问。

不明物体没有回应，只是改变方向沿着走廊飞奔而去。

“克莱尔，她一定是尼妮！我确定！”甘妮激动地喊。

“小心，甘妮！”克莱尔大喊，猛推了甘妮的背。

甘妮勉强稳住重心，回头一看，克莱尔已经被黑魔法师的烟雾团团围住，她替甘妮挡下了危险。但此刻不容迟疑，甘妮追随着她坚信是尼妮的不明物体而去。

# 第十章　盔甲战士甘妮

当甘妮跟随不明物体来到一个房间时，她看到了闪闪发光的银色盔甲。

“乌比卡波，乌比卡波！”不明物体重复着甘妮听不懂的话，这让她更加确信对方就是尼妮。

“尼妮，你究竟想告诉我什么？”甘妮越听越着急，可不明物体只是“乌比卡波”地喊着。

突然，甘妮回想起爱德华国王的话：“如果最坏的情况发生时……”

“银色盔甲！尼妮，你也想到了这个！”甘妮终于明白不明物体带她来这里的真正意图，迅速穿上盔甲。

黑魔法师这时也追到了房间。

“王刀……王刀……给你！”另一个不明物体给甘妮扔过来一把银色的剑。没错，正是原来挂在盔甲旁的那把剑。甘妮敏捷地接过剑，顿时变成一名英姿飒爽的盔甲骑士。

“在这里永远沉睡吧！”黑魔法师恐怖的声音响彻整个房间，浓烈的黑烟也四下弥漫开来。

甘妮害怕自己会被黑烟再次控制，便屏住呼吸，紧紧握住银色的剑。

“为了尼妮，我绝不能退缩！”甘妮在心中给自己打气，对着黑烟砍了几剑。

银色盔甲和头盔像一个保护罩，为甘妮抵御了黑烟。透过那神奇的保护罩，甘妮能穿透烟雾，将一切看得清清楚楚。她感到手中银色的剑仿佛有了生命，能斩断黑烟，正引领她与黑魔法师对决。

“立刻停止！现在就停下！”甘妮将银色的剑奋力掷向黑魔法师。那剑如同划破夜空的流星，闪着耀眼的银光，精准地刺入黑魔法师的身体。

“哐！”随着一声巨响，黑魔法师的身体在白光与黑烟的交会中爆炸开来。

随后，黑烟快速消散。待黑烟散尽，黑魔法师像从未存在过一样，消失得无影无踪，只留下彼得·潘王国的黄金书签静静地躺在地板上。

甘妮在爆炸的一刹那，似乎瞥见了一个愤怒的小男孩的面孔。那是黑魔法师的真面目吗？

随着黑魔法师的消失，海盗们也不见了，尼妮、杰克和克莱尔恢复了他们本来的面貌，上空的黑暗也退去，宫殿重现了它昔日的辉煌。

“姐姐，你真是个英雄！你是最棒的！”尼妮兴奋地跳起来，搂住甘妮说。

“这多亏了你的指引啊！”甘妮谦虚地摆了摆手，将功劳给了尼妮。

“那我得说，多亏杰克帮了我！”尼妮将姐姐的表扬转赠给了杰克。

杰克没有说话，只是耸了耸肩。

“如果没有你，我是做不到的。克莱尔，谢谢你。”甘妮的话，让克莱尔的脸上也绽放出灿烂的笑容。

爱德华国王和汤姆院长朝着尼妮她们走了过来，他俩也摆脱了诅咒。

“陛下，见到您安然无恙，真是令人欣慰。”亨登爵士和骑士团成员单膝跪地，表达着他们的敬意。

“快起来吧，谢谢你们前来营救。”爱德华国王走过去扶起亨登爵士，“谢谢你，又一次帮了我。”

“这是我应该做的，陛下。”亨登爵士右手放在胸前，“亨登随时为您效劳。”

“也非常感谢你们。”爱德华国王朝甘妮几人走过去，深深地鞠了一躬。

“这是我们的荣幸！”甘妮、尼妮异口同声地说，并回了礼。

“应……应该的。”克莱尔紧张地回应，跟着甘妮姐妹俩回礼。

杰克可不敢接受国王的行礼，趁国王行礼前就跳到一边去了。

“呼——现在我终于可以脱下这身装备了。”甘妮双手紧握着头盔，轻轻摘了下来。在紧张的战斗中，甘妮没有意识到银色头盔的重量及盔甲内部的炙热。现在，她渴望立刻摆脱这沉重的负担，但想到这是王国的宝贝，便放缓动作，小心翼翼地把头盔递给杰克，然后又轻轻脱下盔甲。

“叮——”一声轻微的声响，吸引了众人的注意。一个闪闪发光的物体从盔甲里掉出来，掉在了地板上。

“我……我真的很小心的……”甘妮以为自己不小心弄坏了盔甲，脸上写满愧疚。

“姐姐，是黄金书签！原来它藏在盔甲里。”尼妮笑着捡起黄金书签。

“尼妮，快点把黄金书签收进魔法书吧！”浑身轻松的甘妮，显得是那么迫不及待。

# 尾声 黄金书签的秘密

静谧的魔法图书馆中，尼妮翻开魔法书，几枚书签在空中飘着，金色光芒如同点点星光。

托尼注视着那些书签，说：“只剩下最后一枚了。找到它，我们就能集齐所有散落的书签。”

“托尼。”尼妮有些好奇地问，“为什么黑魔法师那么渴望得到这些黄金书签呢？”

托尼解释道：“那是因为每一枚黄金书签都蕴含着强大的魔法力量，你们不是已经见识过了吗？黑魔法师不是借着黄金书签召来了胡克船长等海盗吗？”

“原来胡克船长是被黄金书签召唤来的啊！”尼妮恍然大悟，“怪不得他说只要一枚黄金书签。一枚就如此可怕了，若都给他弄到，那不就世界大乱了。”

托尼点了点头，轻盈地飞起来，绕着书架转了一大圈。甘妮和尼妮的目光追随着托尼，不知他要干什么。

“当你们集齐黄金书签放回原位时，扰乱幻想王国的黑魔法师就再也无法施展魔力了。”托尼眼里满是憧憬。

“魔法图书馆也就能恢复和平了，对吗？”甘妮似问非问，眼里也写满了期待。

“没错。”托尼点了点头，“到那时候，我也可以恢复我英俊的外貌啦。”

托尼的话，引得尼妮大笑。但刚刚与黑魔法师正面交锋过的甘妮却笑不出来，她想起了爆炸中看到的少年的模样，那一幕深深地印在她的脑海中。

“乍一看，黑魔法师看起来是个小孩，长头发，脸上没有表情……黑魔法师到底是谁呢？那真的是……他的真面目吗？”甘妮自言自语，脑海里不断浮现少年的冰冷模样。

尼妮一点都不在意，对姐姐说：“黑魔法师就是黑魔法师。就像我戴上王冠还是尼妮，姐姐穿上破旧的衣服还是甘妮一样。”

“但是，我们看到的也许并不是全部……不，绝对不是。我们都很累了，不该想这些无关紧要的事。今天到此为止，结束！”甘妮决定不再纠结。

“就应该这样嘛。”尼妮松了一口气，“虽然不想再当国王了，但是真的很想吃王宫那些美食啊！”

“走吧，我请你吃好吃的去。”甘妮疼爱地看了一眼妹妹，然后转向托尼，“你要不要跟我们一起去啊？”

“不了，下次吧。我还是赶紧去找寻最后一枚书签的下落吧。”托尼拒绝了。

托尼对甘妮和尼妮念起咒语。随即，她们周围闪耀着明亮的光芒，身体开始变得透明，逐渐消失。

“祝你们好好地吃一顿。”托尼挥手告别。

“托尼，再见！”姐妹俩同时喊道。

## 魔法画家

尼妮被黑魔法师的诅咒击中，部分身体消失了。请完成这幅画，让尼妮能尽快从诅咒中解脱出来！

# 猜词探险

爱德华与汤姆携手带来了一个猜词探险游戏。让我们开始吧！

① 在牌类游戏中最有价值的牌，通常可以打败其他所有牌。

② 一个人过分夸赞自己的物品或能力，自吹自擂。

③ 中国神话中的女仙之首，举办过蟠桃会等。

④ 一种体形庞大、力量强大的肉食性恐龙，被称为“恐龙之王”。

⑤ 形容一个人有像王者一样的气质和风度。

① —□□ → ② —□□□□
↓
③ —□□□□ → ④ —□□□
↓
⑤ —□□□□

# 俗语连线

与国王和乞丐相关的俗语有很多。仔细想想下面几条俗语包含什么意思，并分别用线将它们与对应的正确含义连起来。

## 俗语

- 山上无老虎，猴子称大王。
- 皇帝轮流做，明年到我家。
- 王子犯法，与庶民同罪。
- 乞丐没有要早饭的。
- 叫花子也有三年好运。

## 含义

- 懒惰的人不会早起去乞讨，否则就不会沦为乞丐了。这句话强调了勤奋的重要性，勤奋的人会通过劳动来养活自己。
- 即使是最不幸的人，也会有一段时间的好运。这句话强调每个人都有时来运转的可能。
- 这句话表达了一种平等主义的思想，意味着权力和地位不是永恒不变的，每个人都有机会成为领导者。
- 当领导者或权威不在时，能力一般的人也会冒出头来。换句话说，就是小人物在没有竞争者的情况下也显得突出。
- 这句话表达的是法律面前人人平等的原则。无论地位多高，即使是王室成员，一旦触犯法律，也应受到与普通百姓一样的惩罚。

## 名著聊天室

托尼邀请甘妮和尼妮加入聊天室。

甘妮和尼妮，你们辛苦了！

辛苦的其实是姐姐。我在宫殿里当国王过得很舒服，但姐姐却成了乞丐，经历了被追赶、挨饿等折磨。

我很庆幸你没有经历那些。否则，我会非常担心和难过。

作为姐姐，你的责任感真的很强！

不管怎样，这次的“身份互换”确实是一次非常特别的体验。虽然不想再来一次，但还是挺有趣的。

深有同感！我原以为当国王会很轻松，但事实并非如此，要遵守的礼节太多了，还要顾及形象。真的好累！

人们通常只看到别人光鲜亮丽的外在部分，其中冷暖，只有本人才知道啊。所以，要多换位思考，多体谅他人。

体验成为别人，尤其是像王子和乞丐这样身份悬殊的设定，作者的灵感是从哪里来的呢？

能构思出这样的情节，我觉得作者一定是经历过很多不寻常的事情，有很丰富的人生经历。

没错！今天要介绍的名家，他的生活充满了各种挑战，他的人生阅历非常丰富多彩。

别卖关子了，赶快进入主题吧。

# 名家介绍

马克·吐温

Mark Twain

1835年11月 30日—1910年4月21日

被称为“美国文学之父”

马克·吐温的原名是塞缪尔·兰格尔思·克革门斯（Samuel Langhorne Clemens），曾做过领航员，经常用到“Mark Twain”这一测量航道水深的术语，后来便以此为笔名。他写了许多作品，如《汤姆·索亚历险记》《哈克贝利·费恩险记》等，至少有一部你听说过。

马克·吐温于1835年出生在美国的佛罗里达州，4岁时全家搬到了密西西比河边。11岁时，他的父亲因病去世，为了生计，第二年他就在印刷厂当学徒。18岁时，他开始在美国各地辗转做印刷工。后来，他在密西西比河的蒸汽船上当舵手，22岁时成为领航员。

马克·吐温还短暂参加了南北战争。战后，他在美国西部寻找金矿，没找到后便往写作方向发展，一发而不可收成为作家。马克·吐温没有接受过正规教育，但他丰富的经历和勤奋的阅读，为他积累了各种经验和知识，形成了自己独特的思想。当时的美国种族歧视严重，认为强国侵略弱国是理所当然的。马克·吐温强烈反对这种倾向，主张“应该废除奴隶制”“白人帝国主义者应该停止屠杀和统治”“女性也应该参与投票”等。他不只是喊口号，实际资助过黑人学生成为律师或牧师。

《王子与乞丐》是马克·吐温一部重要的作品，讲述了两个少年互换角色开始新生活的故事。这种通过体验不同人生，学会站在不同立场理解他人和社会的作品，只有马克·吐温这类作家才能写出来。

19世纪密西西比河上船来船往

穿靴子的猫
彼得·潘
绿野仙踪
爱丽丝梦游仙境
红发安妮
丛林之书